SAPIN-LILAS

Alvyane Kermoal

Sapin-Lilas

Conte moderne

Édition : BoD · Books on Demand GmbH, In de Tarpen 42,
22848 Norderstedt (Allemagne)
Impression : Libri Plureos GmbH, Friedensallee 273,
22763 Hamburg (Allemagne)

Illustration : Alvyane Kermoal

Photo de couverture : Gerd Altmann de Pixabay

ISBN : **978-2-3224-9808-6**
Dépôt légal : Décembre 2024

Préambule

Il est des histoires plus difficiles à écrire que d'autres. Celle-ci en fait partie. J'ai cependant eu la chance d'être accompagnée d'amies et d'amis, qui m'ont soutenue tout au long de cette aventure particulière.

Câline Henri-Martin, **Christian Lamant**, **Gordon Brand**, **Elsa**, **Gaëlle Papiau** dans le monde de l'écriture, me permettent de ne pas lâcher quand je doute. Je ne sais pas où je vais. J'écris par passion et vous ne me laissez pas aller à la facilité.

Philippe de Riemaecker, merci à toi aussi de m'avoir permis de jouer les stars à ton micro alors que tu découvrais mon écriture.

Sapin-Lilas est intense, car il fut créé à un moment difficile où beaucoup de mes amies et amis d'Internet m'ont aidée. À vous, mes étincelles, je vous le dédie, ainsi qu'à « **Bruno** » que j'espère retrouver un jour… qui peut dire.

Le premier soir

Ce sont des temps que l'on ne conte pas, mais des années que l'on n'oublie pas. On va doucement vers le bout de sa vie et les souvenirs affluent comme pour nous dire : *regarde, tu as eu de beaux moments dans ce qui fut le pire.*

Le pire ? Noël quand l'argent n'est pas là, quand dans son cœur on ne croit plus en cet homme en rouge à la mine joviale qui voudrait nous faire croire que l'on est heureux de recevoir un cadeau, celui que l'on revendra sur Internet parce qu'il ne correspond pas le moins du monde à notre envie de paraître. Le marketing a pris le pas sur ce qui était une vraie fête de famille. Il faut avoir plus, toujours plus, à l'image de ces petits choux qui mettent tant en colère le Grinch. Une histoire pour enfants ? Pas vraiment...

Émilie et Romain fixent avec envie les tonnes de jouets que l'on a mis en vitrine sur les grands boulevards. Ce sera bientôt Noël. Dans à peine trois soirs. Tout est bien décoré et les jumeaux s'émerveillent devant les automates qui s'animent sous les projecteurs. Des ours polaires font des paquets-cadeaux à côté d'un père Noël qui n'arrête pas de rire en se tapant sur le ventre. Les deux enfants chuchotent et pouffent de rire, se cachant presque dans le col de leurs chauds manteaux d'hiver. Leurs boucles brunes s'échappent malicieusement de leurs bonnets.

Sybille, leur mère, les a emmenés voir les prestigieux magasins à Paris. Elle n'aime pas la foule, s'y sent toujours mal à l'aise, différente, pas à sa place. Elle a honte de ne pas pouvoir mieux se vêtir, de ne pas pouvoir offrir ce qui fait briller les yeux de ses enfants. Cela fait longtemps qu'elle ne croit plus en la magie, qu'elle sait que les musiques entendues dans les magasins ne sont là que pour faire consommer. Elle n'aime pas Noël. Elle n'aime plus Noël.

La jeune femme gagne à peine de quoi survivre et le père de ses petits ne donne plus signe de vie depuis déjà bien longtemps. Il est de ces hommes qui n'assument rien, pas même la charge d'un animal de compagnie ! Un éternel enfant qui fuit les responsabilités, mais qui se donne des airs de grand en détruisant l'autre lentement. Il avait fallu des années avant qu'elle ne réalise qu'elle le nourrissait, l'habillait, s'oubliait et qu'il la maintenait dans un état de peur et de stress permanent. Puis, Sybille était partie avant que l'irréparable ne se produise. Mourir n'était pas dans ses prévisions d'avenir.

Aujourd'hui, elle assume la charge familiale, s'épuise un peu plus chaque jour pour trouver des solutions à ce quotidien incertain. Sybille fixe, en soupirant, leurs reflets dans la vitrine. Elle n'y voit qu'une mère célibataire qui perd sa jeunesse. Ses vêtements sont usés même s'ils restent aussi corrects que possible. Ses enfants ont besoin de croire en leurs rêves et ce petit interlude est la seule chose qu'elle peut leur offrir.

Dans un geste empreint de fatigue, elle remet une mèche brune derrière son oreille droite. Son visage est pâle. Des cernes soulignent ses beaux yeux gris. Elle a un peu plus de trente ans et l'impression d'en avoir cent. Ses mains se posent sur les épaules de ses enfants et elle s'accroupit pour se mettre à leur niveau. Le trottoir est encombré, et, pour se faire entendre sans hurler, mieux vaut être à portée de voix.

— Les enfants, si nous allions acheter des châtaignes grillées ? Ça vous dit ? Le sourire qui illumine la frimousse de chacun des jumeaux de dix ans réchauffe le cœur de Sybille.

— Oui ! Bien chaudes, même si on se brûle les doigts pour les manger, s'exclame Romain en sautillant sur place, impatient.

— Oh ! mais tu es casse-pieds ! J'ai pas envie de me brûler en mangeant, moi ! D'abord, ce n'est pas bon pour la santé, déclare Émilie en poussant rudement son frère.

— On ne se chamaille pas ! Vous aurez chacun votre cornet, donc pas de souci.

La petite famille reprend doucement sa marche, Sybille au milieu de ses enfants. La nuit est fraîche et le vent, glacial. L'hiver s'installe. Les chants diffusés pour les fêtes par les haut-parleurs lui sont insupportables. Ils font monter à ses yeux quelques larmes qui n'échappent pas aux regards vigilants des jumeaux. Leurs petites mains serrent alors très fort celles de leur mère. Elle leur sourit, se voulant rassurante.

— Tu es sûre qu'on peut en avoir un chacun, Maman ?

Romain est inquiet. Sa sœur le toise. Ils n'aiment pas voir leur mère si triste. Les enfants reprennent d'une seule voix :

— On peut s'en passer, tu sais. Ça ne nous fait rien.

Émue, Sybille sent sa gorge se serrer. Avec tendresse, elle les blottit contre son ventre comme pour leur donner un peu de sa propre chaleur.

— J'ai ce qu'il faut pour trois cornets. J'ai mis de l'argent de côté pour nous préparer cette petite sortie. On ne pourra pas beaucoup plus, mais ce n'est pas grave, nous allons en profiter. Tenez, on voit le marchand de châtaignes grillées d'ici !

Le ton est joyeux, mais les enfants ne s'y laissent pas prendre. Pour ne pas faire de peine à leur mère, ils acceptent en chœur. Impatients de récupérer leurs précieux trésors, ils s'élancent vers le grilloir. À peine réglées, leurs petites gourmandises sont englouties à grands coups de *hummm* ! et de *ooooh* ! *c'est bon* ! La mère et les deux enfants se lorgnent, puis éclatent de rire. Les joues gonflées de châtaignes, ils ressemblent à des hamsters. Tout en s'écartant, certains passants leur jettent d'étranges regards en pressant le pas.

L'atmosphère est étrange. Sybille contemple les gens qui se bousculent pour entrer dans les magasins. Ils achèteront sans doute le dernier téléphone portable à la mode, à moins que cela ne soit un jeu pour le petit dernier qui fait bien plus plaisir à papa qu'à l'enfant. Des fourmis qui s'agitent dans tous les sens, qui se bousculent, qui s'agressent, parfois. Elle ne les comprend pas.

Où est passée la magie de ce moment familial ? Non, elle ne les comprend vraiment pas.

Puis, comme si une bonne fée avait décidé de détourner Sybille de sa mélancolie, et de leur offrir encore quelques instants de joie, les haut-parleurs diffusent leur chanson préférée. D'un commun accord et sans honte, sur le trottoir parisien, la petite famille entame en chœur *Shake Up Christmas.*

Ils ont l'air un peu fous, mais peu importe ; ils sont heureux en cet instant et c'est l'essentiel. Les autres n'existent plus, ils sont seuls au monde avec leur petit bonheur. La complicité qui les lie est si puissante que l'on croit voir une aura les entourer. Le vendeur reste à les regarder en souriant.

Une pièce tombe à leurs pieds.

La magie se brise ; on vient de la piétiner.

Les enfants s'arrêtent de rire et considèrent l'argent, intrigués. Le marchand de châtaignes fronce les sourcils.

Sybille lève la tête lentement vers le bienfaiteur. Il est un peu plus âgé qu'elle et porte un costume de bonne facture. Sa haute stature ne l'impressionne pas. Elle devine à peine son visage qu'il cache derrière le col de son épais manteau en laine bouillie. Des yeux-glaciers l'observent.

Dignement, elle se baisse, ramasse la pièce de deux euros. Les enfants et le vendeur s'attendent à la voir se mettre en colère, mais pas de cris, pas de hurlements. La jeune femme s'approche et prend l'une des mains de l'homme.

— Monsieur, gardez-la précieusement, cette pièce. Un jour, vous pourriez en avoir grand besoin.

Sybille dépose l'argent dans la main gantée de l'homme éberlué. Elle se met alors sur la pointe des pieds et l'embrasse doucement sur la joue pour ensuite rejoindre ses enfants.

— Mais... je voulais...

La voix de l'inconnu est chaude et généreuse. Il ne comprend pas bien ce qu'il se passe. Il cherche du regard le marchand de châtaignes, espérant un soutien de sa part, mais celui-ci reste froid. Il a envoyé cette pièce d'un geste machinal, sans vraiment leur prêter attention. La jeune femme lui fait face de nouveau et, prenant ses enfants par la main, elle lui sourit.

— Je sais, monsieur. Merci, mais je suis si riche que je ne peux accepter votre pièce ; elle vous est plus utile qu'à moi. Joyeux Noël, monsieur !

Ébahi, l'inconnu les regarde s'éloigner. Il se tourne vers le marchand qui sourit tendrement alors que la mère et ses enfants disparaissent dans la bouche de métro.

Le deuxième soir

Sybille soupire doucement en descendant du bus. La journée a été difficile au bureau. Entendre ses collègues parler des cadeaux qu'elles vont offrir à leur progéniture ouvre invariablement la vanne des douleurs, celle de ne pouvoir en faire autant. Elle a gardé le sourire, fait semblant de ne rien ressentir. Elle sait si bien le faire. On dit même qu'elle est un vrai caméléon. Elle se cache derrière cette image de petite bonne femme comme tout le monde, un peu discrète, qui observe et écoute sans rien dire.

Sa meilleure amie lui avait demandé un jour pourquoi elle ne montrait pas que, même en travaillant comme une forcenée, elle ne s'en sortait pas. Sybille lui avait souri et répondu très simplement :

— Mais, Nanoue, personne n'a envie de savoir que travailler ne te met pas à l'abri de la pauvreté. Ils ne peuvent pas comprendre. Pour eux, cela n'existe pas ! Ou alors ailleurs, dans un autre pays. Si on est pauvre, ici, c'est qu'on est fainéant, qu'on ne fait pas les choses pour s'en sortir. Puis il y a ceux qui savent, mais qui ferment les yeux par peur d'être contaminés.

Les fêtes sont toujours aussi difficiles à vivre, mais ce soir elle a hâte de retrouver ses enfants. Ils habitent Montfermeil, dans une petite maison non loin du quartier de Franceville, depuis trois ans. Ils ont quitté la Bretagne pour échapper au père des enfants et sont revenus sur la région parisienne pour le travail.

Romain et Émilie sont chez leur voisine, madame Sully, une femme douce et agréable de soixante ans, qui aime être avec les jumeaux. Leur intelligence et leur maturité impressionnent toujours les personnes qui ne les connaissent pas vraiment. Sa voisine, elle, les a tout de suite adoptés, justement grâce à cette différence. Au vu des sommes demandées par les nounous dans les alentours, les deux femmes, devenues amies, s'étaient arrangées entre elles. On est en 2018 et les choses semblent aller de mal en pis. Toujours plus difficile. Toutefois, cette amitié est l'un des cadeaux que la vie offre lorsque tout semble insurmontable. Une petite étincelle qui prend des allures de grand feu rédempteur quand la mère et les enfants semblent prêts à s'écrouler.

Sybille remonte le col de son manteau d'automne fuchsia, le seul qu'elle possède à vrai dire. Elle a dû faire un choix, qu'elle ne regrette pas. Les enfants sont bien protégés avec les manteaux achetés un mois plus tôt. Cette pensée lui arrache un petit sourire mutin. Elle semble plus jeune, plus douce. Quand enfin elle arrive sur l'Avenue des Palmiers, son expression s'illumine un peu plus. Elle va bientôt retrouver sa petite famille.

Le gros portail vert de la maison de madame Sully grince un peu. Il faut qu'elle regarde cela. C'est le moins qu'elle puisse faire et, le bricolage, Sybille adore ça. Elle monte les marches du petit escalier de pierre bordé d'arbustes. Les lumières sont allumées dans la maison de plain-pied. La jeune mère entend ses enfants éclater de rire. Devant la porte décorée d'une couronne de Noël, la main prête à toquer, elle s'arrête, les écoute, savoure le doux tintement de leurs voix. Elle n'a plus froid. Elle n'a plus peur. Ce soir, elle ne pensera pas avec crainte au lendemain.

La porte soudain s'ouvre et deux tornades atterrissent dans ses bras, lui coupant presque le souffle. Madame Sully les contemple en souriant. Elle est aussi grande que Sybille et porte un joli petit ensemble veste-pantalon gris pâle. Les embrassades n'en finissent pas comme s'ils s'étaient quittés depuis des mois. Après quelques instants de câlins, Sybille se redresse enfin.

— Yolande, je ne sais pas comment vous remercier.

— Entrez et venez donc prendre une bonne tasse de thé ou de café, vous avez l'air épuisé !

La jeune mère ne se fait pas prier et, accompagnée de ses enfants, elle pénètre dans la maison. Tout semble feutré et chaleureux dans cette demeure. La porte de la cuisine, sur sa droite, est ouverte et une bonne odeur de soupe de légumes vient chatouiller ses narines. Les lumières sont tamisées. On se croirait presque dans un autre monde. Le grand salon est agréable avec ses tons caramel et marron. Un feu crépite dans la cheminée et Patapon, le vieux chat tigré de la maisonnée, est couché en boule sur le tapis.

Au-dessus de la cheminée, une photo en noir et blanc montre une belle petite famille : Yolande, son mari Patrick et leur fils Éric. Ce dernier ne devait guère avoir plus de huit ans sur le cliché. La jeune femme ôte son manteau et Romain le lui prend pour le ranger tandis qu'Émilie la presse de s'asseoir. Quelque chose semble les tenailler. Ils veulent lui parler, mais se retiennent. Leurs yeux pétillent de malice.

— Il y a une chose que je devrais savoir, les enfants ?

Ils secouent la tête négativement en pouffant de rire. Intriguée, Sybille regarde autour d'elle. Partout traînent des confettis, des perles, du papier crépon et autres petites babioles qui ont dû servir pour de quelconques créations. La pièce est abondamment décorée pour les fêtes d'objets entièrement faits à la main. Un père Noël en papier mâché, un renne en bois, des guirlandes... il y a même deux calendriers de l'avent confectionnés avec des branches d'arbres et des rouleaux de carton.

— Vous avez passé une bonne journée, Sybille ?

L'interpellée se tourne vers son hôtesse en lui souriant. Madame Sully porte entre ses mains un plateau chargé de deux tasses, d'une bouilloire, de sachets de thé et café soluble, ainsi que de sucre et de biscuits. Sybille la débarrasse et dépose le tout sur la table avant de s'installer avec sa voisine.

— C'était le dernier jour. Je suis en vacances pour une semaine. Être avec les enfants en ce moment est bien plus important que de courir après les clients. Malgré tout, la directrice ne voulait pas me donner mes jours. La journée fut longue. Heureusement, avec certains de mes collègues, nous avons pris le temps de souffler un peu ; c'était agréable.

Madame Sully approuve d'un mouvement de tête.

— Il faut savoir où sont ses priorités. Certains courent après la richesse en se disant que c'est ce qui les rendra enfin heureux. D'autres, après le temps qu'ils voient s'envoler sans pouvoir le retenir malgré leurs efforts pour être avec les leurs. Vous avez bien fait de ne pas céder.

— Oh ! vous savez, quand il s'agit des enfants, je deviens une véritable louve. En parlant d'eux, ils ne vous ont pas trop fatiguée ? Je sais qu'ils peuvent parfois être intenables.

— Noooonnn ! Ils sont adorables et nous avions un projet que nous avons mené à bien. Ils aiment être actifs, réfléchir et créer. Ils sont juste un peu plus mûrs que la plupart des gamins. J'aime bien.

Yolande pose une tasse devant Sybille.

— Vous voulez un café ou un thé ?

— Un café, s'il vous plaît. Il va falloir que je fasse quelque chose pour arrêter d'en consommer autant.

Elle sourit et ouvre un sachet de café soluble. Madame Sully prend un thé et verse l'eau frémissante dans les tasses. Un silence apaisant s'installe. Les enfants jouent avec le chat et Sybille sirote son breuvage corsé. Son regard se porte sur les petits gâteaux et son estomac exprime ce qu'elle essaie toujours de cacher : elle a faim.

Elle rougit et des larmes montent à ses yeux. La tête baissée, elle veut se ressaisir.

— N'ayez jamais honte, Sybille ! C'est notre société qui devrait rougir de ce qu'elle fait vivre à des personnes telles que vous. Non, n'ayez jamais honte !

Le ton de madame Sully est compréhensif. La jeune femme la fixe et ne voit pas ce qu'elle craint le plus : la pitié. Il n'y a que de la bienveillance.

Elle devrait le savoir ; sa voisine n'est pas de ces personnes qui vous plaignent pour se donner le beau rôle ou pour se faire passer pour des sauveurs. Non, Yolande fait partie de ces gens qui voient la réalité et qui savent remettre les choses à leur juste place. Une femme de caractère et de cœur, une femme de valeurs, ce qui manque si cruellement en ce monde qui part dans tous les sens et qui irrémédiablement se perd, se noie, s'autodétruit.

Avec un petit soupir, Sybille tend la main vers les biscuits, en prend un, le porte à sa bouche et soudain sourit. Ses yeux s'illuminent et elle plonge son regard dans celui de son hôtesse. Celle-ci hoche la tête en riant.

— J'ai deux lutins qui m'ont dit que l'épice préférée de leur mère était...

— La cannelle. Vous n'auriez pas dû. Je suis gourmande, en plus ; il suffit de voir l'état de mes hanches.

— Nous n'avons qu'une vie, et les enfants ont adoré les préparer avec moi, tout à la joie de vous les offrir. Alors, ne vous privez surtout pas, dites-nous ce que vous en pensez !

Romain et Émilie s'approchent, attendant avec impatience le verdict. Prenant son rôle très au sérieux, Sybille croque dans le sablé. Il fond sur sa langue. Le beurre salé rend la saveur du petit délice plus intense encore, révélant le goût de la cannelle. Elle en ferme les yeux de bonheur, puis met toute la douceur dans sa bouche. La jeune femme se sent revivre. Mutine, elle ouvre un œil.

— Hum ! je ne sais pas... il faut que j'en reprenne un pour être certaine que ces biscuits sont délicieux.

Les jumeaux éclatent de rire et se jettent dans les bras de leur mère.

— Ils sont bons, hein, maman ? Tu les aimes ?

Sybille en reprend un et fait un clin d'œil à madame Sully.

— Vous avez été bien aidés ; ils sont délicieux. Merci beaucoup, mes p'tits lus.

— Ce n'est pas la seule surp... laisse échapper Émilie avant que son frère ne l'apostrophe.

— Mais tais-toi ! Tu vas gâcher la surprise !

Penaude, la fillette ne sait plus trop quoi dire et regarde Yolande, qui la rassure d'un sourire.

— Tu n'as rien divulgué, ma belle, pas de panique, la surprise est toujours entière pour ta mère.

Sybille toise les enfants et sa voisine.

— Qu'avez-vous fait en plus des biscuits ?

Yolande laisse échapper un petit rire coquin.

— Vous le verrez bien assez tôt. Prenez des gâteaux, les enfants, nous nous occuperons du reste plus tard.

Les enfants se jettent sur les biscuits, puis repartent tranquillement jouer avec le chat. Sybille se sent divinement bien. Pourtant, une question traverse son esprit. Ce sera le premier Noël où monsieur Sully ne sera pas là, emporté pendant l'année par un infarctus.

— Yolande, vous faites quoi pour le réveillon ? Vous serez seule cette année ?

La sexagénaire boit une gorgée de thé avant de répondre.

— À dire vrai, j'essaie de ne pas y penser. Patrick n'est plus et je ne veux imposer ma douleur concernant son absence à personne. Vous comprenez ?

Sybille approuve doucement de la tête.

— Oui, je comprends. Votre fils ne viendra pas encore cette année, je suppose. Il vous enverra un joli cadeau, comme à chaque fois.

Elle ne le connaît pas, mais ne l'apprécie pas du tout. Éric Sully, le fils unique de Yolande, ne vient jamais pour les fêtes de fin d'année. La jeune femme ne peut accepter un tel égoïsme, surtout que les parents étaient fiers de leur fils et de sa réussite sociale. Un petit rire amer lui échappe.

— Il sera encore dans une soirée d'entreprise pour engranger quelques sous ?

— Ne soyez pas cynique, Sybille, cela ne vous va pas ! Il ne sait pas qu'il me manque, il pense vraiment me faire plaisir avec ses somptueux cadeaux.

Sybille secoue la tête.

— Mais ce ne sont que des objets, Yolande ; pas des bras qui vous serrent pour vous faire sentir combien vous êtes précieuse ; pas des moments de partage avec sa mère. Je n'ai pas grand-chose, mais seriez-vous d'accord pour partager notre réveillon ? Nous serions très contents, je vous assure.

Attentifs, les jumeaux sont suspendus aux lèvres de madame Sully. La sexagénaire, un peu gênée, réfléchit, le regard dans le vague. Après tout, elle aime beaucoup Sybille et les enfants. Il n'y a rien de mieux qu'une petite soirée tranquille avec les gens que l'on apprécie pour le réveillon de Noël. Elle pourrait aider au repas. Une façon d'améliorer un peu l'ordinaire et, pour elle, de ne pas ressasser l'absence de son époux.

— Je veux bien, si vous acceptez que je participe aux frais du dîner.

Les enfants laissent éclater leur joie en sautant et chantant à tue-tête. Sybille rit doucement. Ses yeux pétillent et Yolande la découvre sous un jour qu'elle ne lui connaissait pas. Celui d'une femme-fée qui fait le bonheur des autres sans même s'en rendre compte.

— Mais, Sybille, et vos parents ? Vous ne faites pas Noël avec eux ?

Le visage de la jeune femme se voile de douleur et elle soupire profondément, résignée.

— Il y a des personnes qui pensent que la valeur des êtres vivants est en rapport avec leur compte en banque. Ne vous inquiétez pas ; il y a longtemps que je n'attends plus rien. Pour le réveillon, nous allons donc tout prévoir pour le repas et nous serons ensemble, tous les quatre. Vous goûterez mes fameuses pommes de terre de Noël. Un vrai délice !

— Nous aussi nous avons une petite surprise pour vous.

Yolande fait signe aux enfants de la suivre. Intriguée, Sybille regarde les trois comparses disparaître dans le couloir.

Quelques minutes passent dans un silence quasi religieux. Lorsque les jumeaux réapparaissent, ils portent tous les deux un seau. La jeune femme s'approche et rit doucement.

— Qu'est-ce que c'est que ça ?

Des branches sont plantées dans du sable humide et sont couvertes de guirlandes de toutes les couleurs. Des décorations faites de bric et de broc donnent un air magique à celles-ci. Yolande vient se placer derrière les jumeaux et fait face à Sybille.

— Les enfants m'ont dit que vous n'aviez pas de sapin pour Noël, que c'était trop cher... alors nous avons fait notre arbre de Noël.

Romain interroge sa mère du regard pour savoir si elle est contente. Des larmes ont empli ses yeux. Elle renifle un peu.

Émilie pousse l'arbre vers Sybille.

— C'est notre sapin de Noël, Maman. On l'a décoré aujourd'hui.

Le petit garçon fait la moue.

— Mouais, sauf qu'on n'avait pas de branches de sapin, alors madame Sully a pris celles de son lilas.

Sybille éclate en sanglots et bredouille :

— C'est le plus beau des sapins-lilas que la terre ait porté. Il est magnifique. Oh, merci !

Yolande, ne sachant plus trop comment réagir, lance d'une voix enrouée par l'émotion :

— Eh bien, faisons honneur à ma soupe de légumes pour fêter ce sapin-lilas ! Vous n'avez pas le choix ; ce soir, c'est moi qui invite.

Au même instant, la sonnerie du téléphone résonne dans la maison. Madame Sully présente ses excuses à ses invités et s'éclipse pour aller répondre. La jeune mère et les enfants s'émerveillent devant leur arbre. Ils se félicitent du travail fait et de l'allure du *sapin*.

Romain explique à sa mère que cela fait déjà trois semaines et demie qu'ils l'ont commencé, mais qu'ils n'ont réussi à finir les décorations que le soir même. Sybille esquisse un sourire tendre et ébouriffe la tignasse de ses jumeaux. Un léger bruit attire leur attention. Ils lèvent leurs yeux sur une Yolande à la fois blême et souriante.

— Cela ne va pas ? Vous avez eu une mauvaise nouvelle ? s'inquiète aussitôt sa jeune amie.

Madame Sully secoue la tête négativement, l'air hébété.

— Éric arrive demain à la Gare d'Austerlitz. Il veut passer le réveillon avec moi. Il m'a juste dit qu'il lui était arrivé quelque chose et qu'il voulait être avec sa mère.

Le troisième soir

Sybille observe les voyageurs qui l'accompagnent dans son petit périple parisien bien malgré eux. Après l'annonce de Yolande, il avait été décidé qu'elle se rendrait à la Gare d'Austerlitz pour aller chercher Éric. Tout le monde se demandait ce qu'il avait bien pu se passer pour que soudain, sans explications claires, il ait décidé de partager les fêtes avec sa mère.

Sybille avait été étonnée que, malgré cette nouvelle, sa voisine n'ait rien changé à ses projets. Elle avait bien tenté de lui faire entendre raison, insistant sur le fait qu'être avec son fils était en soi déjà un merveilleux cadeau, mais rien n'y avait fait. Après tout, quand il y en a pour quatre, il y en a pour cinq. La discussion autour du repas fut joyeuse et bon enfant, puis on mit tout en place pour réfléchir au réveillon.

D'après sa mère, Éric voulait prendre un taxi pour venir jusqu'à Montfermeil, car il détestait plus que tout faire le chemin seul dans les métros de Paris. Yolande avait insisté auprès de Sybille pour qu'elle aille le chercher. *Il craignait peut-être de se faire agresser*, pensa sournoisement la jeune femme avec un petit sourire sarcastique. Elle se réprimanda silencieusement en se contemplant dans la vitre du wagon. *Allons, Sybille, tu n'es pas très charitable. Il fait l'effort de venir voir sa mère au lieu de courir après la fortune.*

Sybille avait finalement cédé, comme avait dû le faire l'homme d'affaires lui-même. On ne peut rien contre une mère qui a une idée précise dans la tête.

Elle secoue la tête en riant doucement et remet en place son écharpe rouge tissée autour de son cou. Éric ne doit même pas savoir ce qu'est un Grinch-cadeau ; ce petit rien fait avec ce que l'on a sous la main pour l'offrir à Noël. La jeune femme ne peut s'empêcher de penser qu'il est homme à déléguer à son assistante ou à sa secrétaire le choix des cadeaux.

L'année dernière, il avait envoyé à son père une cravate en soie Pierre Cardin bleu canard. Monsieur Sully avait éclaté de rire et Yolande avait laissé échapper un profond soupir. Patrick ne portait jamais de cravate et détestait le bleu canard. L'impression d'étranglement qu'il ressentait avec cet accessoire faisait qu'il n'en possédait aucune. Sauf celle-ci. Yolande, quant à elle, avait découvert dans un superbe écrin une broche en forme de rose, sertie de petits diamants. Elle ne l'avait jamais mise, de peur de perdre cet objet de grande valeur. Comment pouvait-on passer ainsi à côté des choses si importantes de la vie ? C'était juste impensable pour Sybille.

Elle avait vu Éric à l'enterrement de son père. Un très bel homme, châtain clair aux yeux bleus. Sybille avait été frappée par son visage défait par la douleur alors qu'il soutenait sa mère. Elle avait souvent pensé qu'il ne les aimait pas pour venir si peu les voir. Le contraire était flagrant. Il souffrait mille morts et ne tenait que par la force de sa volonté. La jeune femme, émue, avait vu les larmes couler le long de ses joues mal rasées. Seulement, par la suite, tout reprit comme avant. Juste un appel pour l'anniversaire de sa mère, une petite carte, mais pas de vraies visites. N'avait-il donc rien compris ? La misère de l'homme n'était pas financière, non ; elle était humaine. Il ne voyait et n'entendait rien.

Perdue dans ses pensées, Sybille a failli rater son arrêt. Précipitamment, elle sort et son regard se porte sur la foule qui l'entoure. Des rats qui courent dans tous les sens, qui ne se voient pas, ne se calculent pas. Ils ont la tête baissée pour certains. Son souffle se fait plus court. Ses poings se serrent dans les poches de son manteau. Elle déteste les lieux comme le métro ; ils lui donnent la désagréable impression d'être prise au piège ; un vrai calvaire pour elle.

Pour pallier ce problème, elle n'avait trouvé qu'une seule façon de faire : chantonner à voix basse. Cela pouvait sembler fou, mais ça la rassurait.

Elle prend une profonde inspiration et presse le pas pour sortir rapidement du dédale de couloirs interminables. Quand enfin elle est sur le trottoir de la Gare de Lyon, Sybille regarde sa montre. Hum, bien ! Il reste un peu plus d'une demi-heure avant que n'arrive le train d'Éric. Il faut qu'elle traverse la Rue de Bercy puis qu'elle passe le pont Charles de Gaulle pour arriver sur le quai d'Austerlitz.

Le vent est glacial, aussi ne perd-elle pas de temps et accélère-t-elle tout en se cachant dans son écharpe pour ne pas trop grelotter de froid. Il fait nuit et quelque chose dans l'atmosphère la fait sourire. Une étrange sensation de bien-être l'envahit. Les talons de ses bottes claquent sur le sol. Les Parisiens pressés ne prennent pas trop le temps de regarder autour d'eux. Les automobilistes klaxonnent à tout-va, comme si produire autant de bruit pouvait faire avancer les voitures bloquées dans les embouteillages.

Arrivée sur le quai, elle piétine, tout à ses pensées. Que va-t-elle bien pouvoir faire pendant cette demi-heure ? Elle a de quoi se payer deux cafés, guère plus. Son regard est attiré sur le côté de la grille qu'elle longe vers un tas de couvertures et un homme assis au milieu qui se protège de la froideur des regards et du temps. Il ne demande que quelques pièces, un chapeau rapiécé faisant office de timbale pour recevoir les offrandes devant lui. Quelques centimes traînent dans le fond – la vieille astuce des piécettes laissées pour attirer la générosité. Si seulement cela suffisait !

La jeune femme soupire et continue son chemin. Elle pourrait se trouver là, à sa place, comme n'importe lequel de ces passants anonymes. Sans plus réfléchir, elle se dirige vers un stand, sort sa menue monnaie et commande en souriant deux expressos brûlants avec du sucre. Heureusement, ses gants de laine, Grinch-cadeau d'une amie d'Internet, la préserve de la chaleur qui se diffuse à travers le carton des gobelets. Tout naturellement, la jeune femme retourne sur ses pas et s'arrête devant l'homme assis sur ses couvertures.

— Bonjour monsieur !

Surpris, il la toise et fronce les sourcils, se demandant sans doute ce qu'on allait bien pouvoir lui demander ou lui dire. Sybille sourit et découvre le visage d'un homme d'un peu plus de trente ans. Ses yeux bruns sont presque lumineux et à son tour il offre un sourire presque enfantin et joyeux. La jeune femme tend alors un des deux gobelets au nectar si précieux.

— Vous voulez bien boire un café avec moi, s'il vous plaît ?

Sans même prendre le temps de répondre, il se redresse avec peine, gardant un bras plié sur le torse, comme s'il tenait quelque chose. Sybille reste patiente. De sa main libre, il s'empare enfin du café.

— Je... euh... merci, madame.

Elle laisse échapper un petit rire.

— Moi, ce n'est pas madame, c'est Sybille. Je vais encore vous embêter, mais... puis-je m'asseoir à côté de vous ? Je dois attendre quelqu'un à la gare. Il n'arrive que dans une demi-heure et je n'aime pas boire mon café toute seule dans la foule. Vous comprenez ?

L'homme sourit de nouveau et lui fait une place sur ses couvertures.

— Venez ! Je ne peux vous donner plus, mais vous n'aurez pas froid.

La jeune femme ne se fait pas prier et s'installe. Avec délicatesse, il remonte deux couvertures sur leurs jambes. Le froid est toujours là, mais c'est tellement plus facile à supporter quand on le partage, même pour quelques instants. L'homme la regarde et secoue la tête, éberlué par ce qu'il se passe.

— Euh... je suis un SDF, vous savez ?

— Vous n'êtes pas plus un SDF que je ne suis une madame. D'ailleurs, comment s'appelle l'homme qui a accepté de boire avec moi un café ?

Il la fixe, le souffle court, et murmure :

— Bruno. Je m'appelle Bruno.

— Enchantée de faire votre connaissance, Bruno.

Sybille le contemple avec des étoiles dans les yeux et un immense sourire. Bruno reste interdit. Elle porte le gobelet à ses lèvres. Machinalement, il fait de même. Elle tourne la tête vers le ciel.

— Je crois qu'il va neiger. J'adore la neige. Je peux faire des batailles de boules de neige avec mes enfants quand il y en a assez.

Bruno approuve d'un signe de tête.

— Moi, j'aimais la neige parce que je pouvais faire des bonhommes de neige avec ma fille... avant...

Sa voix se casse. La jeune femme soupire et le dévisage de nouveau.

— Il y a toujours des avant.

Une sorte de complicité emplie de respect se pose sur ces deux âmes. Ils se comprennent sans se connaître. Pas de paroles. Pas de larmes. Juste un partage de souffrance silencieuse. Un petit miaulement se fait alors entendre. Il est à peine perceptible, pourtant Sybille se redresse un peu et cherche d'où vient cet appel. Bruno rit.

— Ici. C'est ma petite copine. Elle a quatre mois.

L'homme lui montre, cachée tout contre lui sous son bras, une petite boule hirsute blanche et grise. Le chaton miaule tout doucement bien qu'il semble en bonne santé. Sybille sourit tendrement et ôte son gant pour pouvoir caresser le doux pelage.

— C'est le cadeau de Noël pour ma fille. Sa mère a accepté que je lui offre la petite puce.

L'amour que ce père porte à son enfant ne fait aucun doute. Il a la gorge serrée quand il en parle. Sybille ressent avec force le désespoir de cet homme qui cajole le chaton.

Les mères ne sont pas les seules à souffrir. On a du mal à reconnaître que cela soit possible, octroyant le rôle de la bonne mère à toute femme et du mauvais père à tout homme. Une inégalité qui en vaut une autre, pense Sybille ; il en existe tellement.

— Vous allez pouvoir voir votre fille pour le réveillon de Noël, alors ? demande la jeune femme, presque timidement par crainte de le peiner.

— Oui. J'ai tout perdu, mais je peux encore voir Myriam. Sa mère ne veut pas qu'elle sache que je suis à la rue. En fait non, je ne suis pas vraiment à la rue, j'ai trouvé une maison abandonnée que je retape comme je peux.

Sybille s'installe confortablement en admirant le chaton que Bruno caresse avec tendresse. On voit qu'il fait des efforts au niveau de sa tenue vestimentaire bien que les étoffes soient usées jusqu'à la corde.

— Vous arrivez à retaper la maison ? Mais, avec quoi ?

L'étonnement est sincère de la part de la jeune mère. L'homme rit, les yeux brillants de fierté.

— Le peu d'argent que je touche du chômage, je le mets dans les matériaux dont j'ai besoin pour remettre cette maison d'aplomb. J'ai entièrement nettoyé le jardin. J'espère bien pouvoir y faire pousser quelques légumes, même si je dois bien admettre que je n'y connais rien.

Sybille sourit.

— Vous ne gagnez pas assez pour avoir un logement. Vous faisiez quoi avant d'être au chômage, sans indiscrétion ?

Il la considère et, esquissant un sourire tendu :

— J'étais comptable. Amusant, vous ne trouvez pas ?

La jeune femme ne sourit plus. Son regard gris est devenu sérieux, accablé.

— Non, je ne trouve pas cela amusant. Je travaille moi-même et je sais ce que c'est, de ne pas pouvoir s'en sortir. Et... vous voulez que je vous fasse rire ? Je travaille dans une banque.

Ils se jaugent puis éclatent de rire. Un de ces rires libérateurs face à l'absurdité de ce monde qui n'a plus ni queue ni tête. Ils rient de bon cœur à en avoir mal au ventre. Les gens les dévisagent, interloqués. Sont-ils fous pour s'esclaffer ainsi, assis sur leurs couvertures ? Sont-ils saouls ?

— Pourquoi êtes-vous là ? Ne devriez-vous pas être à préparer un petit sac pour mettre le chaton dedans afin de l'offrir à Myriam ?

Bruno sourit tristement.

— J'ai besoin d'un peu d'argent pour acheter un ruban rouge et le mettre autour du cou de ma petite copine. Ce serait alors la plus belle façon de la confier à ma puce demain soir. J'ai juste besoin d'un ruban rouge.

Sybille lui prend la petite boule de poils et la serre au chaud contre elle tandis qu'il s'allume une cigarette. Au même instant, un homme en costume gris et large manteau noir les regarde tous les deux. Il sort deux ou trois cigarettes de son propre paquet et les apostrophe.

— Tenez, prenez ! Ce sera toujours ça de pris. Gardez l'argent pour l'alcool !

Sybille sent le feu de la colère monter alors que Bruno baisse la tête sans prendre les cigarettes tendues. Elle se redresse, le petit chat toujours contre sa poitrine, puis repousse la main tenant les cigarettes.

— Tu sais, tes clopes, tu les prends et tu te les gardes, pauvre con ! Quel grand seigneur nous avons là qui se permet de juger sans connaître, qui ouvre sa grande gueule alors qu'il daigne à peine nous regarder ! Pauvre imbécile !

Une lionne s'est réveillée d'un seul coup en elle. Plus rien ne semble pouvoir l'arrêter.

Bruno la considère, ahuri ; estomaqué par la fougueuse colère de la jeune femme. L'homme fustigé, trapu avec un visage tout rond, rougit. Il est de ceux qui ne se privent pas et cette petite bonne femme qui se dresse devant lui pour le remettre à sa place l'a bien contrarié. Il n'en revient pas. Vexé, il grogne avant de s'en aller :

— Voilà quand tu veux être généreux pour les fêtes comment t'es remercié !

— C'est ça ! Joyeux Noël aussi !

Toujours aussi énervée, la jeune femme revient se rasseoir au côté de Bruno qui ne peut s'empêcher de rire. Il n'aurait jamais imaginé qu'on puisse se mettre en colère pour défendre sa dignité. Sybille fait la moue.

— Tsss, bah quoi ? Il n'avait pas à vous parler comme ça. Cela s'appelle le non-respect. Ce gros bonhomme pourrait très bien se retrouver ici un jour.

Bruno soupire, étonnamment calme.

— Oui, il suffit d'un divorce, d'une dépression, de la perte d'un emploi. Ils ne se rendent pas compte que la chute peut être vertigineuse et rapide. Pour certains, et certaines, c'est une maladie qui les mène à l'enfer de la rue. Il ne faut pas lui en vouloir, Sybille. Je lui fais peur.

La jeune femme lui lance un intense regard, puis lui rend le chaton et l'embrasse sur la joue.

— On n'a pas le droit de juger quand on ne sait pas. C'est aussi simple que ça.

Soudain, elle réalise que le temps a passé, consulte sa montre et se redresse ensuite.

— Mince ! J'ai oublié Éric. Il doit m'attendre. Oh ! je suis désolée, il faut que j'y aille. Je n'ai même pas de quoi vous donner ce qu'il faut pour... attendez, je sais.

Sybille ôte son écharpe. Un sourire illumine son visage. Elle tire délicatement un morceau de tissu rouge prisonnier du tissage qui forme son étole. La jeune femme se penche vers Bruno qui lui tend le chaton. Elle lui passe le ruban improvisé autour du cou et le garnit d'un joli nœud. Elle fait un pas en arrière et le contemple, satisfaite de son ouvrage. Aussitôt, elle remarque les yeux humides de Bruno et se sent terriblement gênée :

— S'il vous plaît, ne me faites pas pleurer. Vous allez pouvoir rentrer pour continuer à retaper cette maison abandonnée et vous pourrez un jour y accueillir Myriam. Ce n'est qu'un ruban !

Enjouée, elle essaie d'empêcher ses larmes de couler. De nouveau, elle l'embrasse sur la joue.

— Merci pour ce café. Avec vous, j'ai tout oublié, même l'heure.

— Sybille, vous êtes un ange, et vous ne le savez pas.

— Je ne suis pas un ange. Juste une passante qui voulait partager son café. Embrassez fort votre puce et n'abandonnez jamais ! Vous entendez ? Jamais ! rétorque-t-elle, les yeux pétillants, tandis qu'elle s'éloigne.

Bruno la suit du regard jusqu'à ce qu'elle soit avalée par l'entrée de la gare.

Un homme en manteau de laine bouillie grise fixe Sybille qui presse le pas. Il ne la quitte pas de son regard bleu glacier, paraissant ensorcelé. Il n'en revient pas ; l'inconnue des grands boulevards est là. C'est elle, qui vient de quitter ce SDF. C'est elle, cette gifle qu'il vient de prendre en voyant ce passant se faire rabrouer.

Alors que la jeune femme arrive à sa hauteur, il l'interpelle. Elle se fige, se tenant devant lui aussi surprise qu'il puisse l'être. Il sort de sa poche une pièce de deux euros qui ne le quitte plus depuis deux jours, ce fameux soir où...

Sybille blêmit ; elle vient de reconnaître le fils de Yolande et la pièce du passant des grands boulevards.

— Mon Dieu ! Vous êtes Éric !

Sa voix n'est que murmures. Il acquiesce d'un signe de tête.

— Bonsoir, Sybille ! Je vous attendais.

Embarrassée, elle ne sait plus quoi dire, se sent idiote.

— Je... suis désolée, je discutais et je vous ai oublié. Enfin, j'ai oublié l'heure, surtout. Nous devrions faire vite, votre mère vous attend avec impatience.

Éric sourit. Il ne semble pas lui en vouloir, ni pour l'histoire de la pièce ni pour son retard. Il saisit sa petite valise et entraîne la jeune femme vers la sortie.

Quand ils arrivent au niveau de Bruno qui range son fatras. Sybille ne peut s'empêcher de le regarder s'affairer.

— Attendez, s'il vous plaît ! J'ai oublié quelque chose.

La jeune femme se dirige vers Bruno alors que de petits flocons de neige tombent doucement. Arborant un sourire espiègle, elle ôte son écharpe, puis lui pose la main sur l'épaule.

— Oh ! vous m'avez surpris. Vous avez oublié quelque chose, Sybille ? lui demande-t-il d'un ton bienveillant.

— Oui... j'ai oublié de vous offrir mon cadeau de Noël, mon Grinch-cadeau ; il vous sera plus utile qu'à moi.

Sur la pointe des pieds, Sybille entoure de sa chaude écharpe le cou de l'ami qu'elle gardera toujours en son cœur.

— Joyeux Noël, Bruno !

L'homme l'étreint quelques instants avec une tendresse infinie et, fermant les yeux de bonheur, lui murmure :

— C'est vous, mon plus beau cadeau, Sybille. Vous êtes mon ange.

Éric les observe, silencieux, un peu jaloux de ce moment magique qu'ils partagent et que lui n'a pas le privilège de recevoir.

Un jour, peut-être...

Le 24 décembre

La journée avait bien commencé. Les enfants étaient sortis comme des diables de leurs chambres pour venir réveiller leur mère. Elle dormait pourtant encore à poings fermés, mais quand on a dix ans, l'impatience vous habite, surtout le jour du réveillon. Rien ne vous arrête. Ça sautait sur le lit, venait se coller à maman avec des « je t'aime », faisait des câlins, se glissait sous la couette.

Sybille avait fait semblant de dormir et les jumeaux s'étaient calmés tout contre sa chaleur. Jamais elle n'échangerait cette douceur, même contre tous les trésors de la Terre. Elle avait étreint tendrement ses enfants en souriant, et fermé les yeux. Un sentiment de paix l'avait submergée et son envie de se lever s'était envolée. Rester ainsi à ne pas se préoccuper du lendemain, savourer cet instant-bonheur et s'en marquer l'esprit pour en faire un souvenir heureux pour ses vieux jours. Il avait cependant bien fallu sortir de ce petit confort. Préparer un réveillon n'est pas une mince affaire.

Maintenant, chez Yolande, la jeune femme rit de voir ses enfants se vêtir d'immenses tabliers de cuisinier. Ils vont préparer les biscuits de Noël, des bonshommes de pain d'épices et des truffes en chocolat. Sybille lave la vaisselle du petit déjeuner et Éric l'essuie. Ils se parlent peu ; une gêne s'est installée entre eux. L'incident de la pièce de deux euros occupe toujours leurs esprits. Ils n'en ont pas parlé devant Yolande. Elle l'a pourtant senti et se demande ce qui a bien pu se passer pour qu'ils soient devenus aussi distants. Elle avait échangé avec son fils la veille, après le départ de Sybille, s'étonnant de sa venue pour fêter Noël avec elle. Sa réponse fut qu'on lui avait rappelé, sans le vouloir, ce qu'était la vraie magie de cette fête si particulière. Yolande n'avait pas insisté, tant elle était heureuse qu'il soit là.

Romain et Émilie se tournent vers leur mère avec de grands sourires, très fiers de leur allure. Elle approuve d'un signe de tête et d'un regard complice.

Éric observe la jeune femme.

Pas de bijoux, pas de maquillage, un jean élimé par le temps, un pull rouge sans tenue et des baskets usées. Pourtant, son regard pétille, son rire est frais ; elle semble heureuse. C'est à n'y rien comprendre, pense-t-il.

Il sait qu'elle n'a rien pu acheter à ses enfants. Sa mère lui a fait part de sa situation précaire. Pour autant, elle partage son réveillon, ses sourires et ses rires comme si de rien n'était, et il se sent un peu comme un intrus à côté d'elle dans son costume à mille sept cents euros.

— Vous devriez mettre un tablier, Éric. Ce serait dommage de vous salir.

Aurait-elle saisi ses pensées ? Yolande et les enfants le regardent, attendant sa réaction.

Sybille a un petit sourire en coin, le sourcil gauche levé. Elle a arrêté de faire la vaisselle et tient dans ses mains le tablier à fleurs roses et à dentelles de sa mère.

— Il serait préférable de protéger votre costume. Je crois reconnaître la patte de la Maison Berluti.

Éric se sent rougir. Il regarde la jeune femme et finit par répondre :

— Je pense qu'il serait plus judicieux que j'aille me changer. Il est idiot de faire des gâteaux en costume de ville, vous avez tout à fait raison. Et ce, quel qu'en soit le prix !

Il se satisfait de la voir contrariée à son tour avant de quitter la pièce. Un petit sourire étire ses lèvres alors qu'il pénètre dans sa chambre.

Sybille, le visage cramoisi, se tourne vers sa voisine qui se retient pour ne pas éclater de rire.

— Je suis désolée, Yolande. Je n'ai pas pu m'empêcher d'être désagréable, mais il avait l'air tellement...

— Ridicule ! Je crois qu'il a très bien compris et, moi, cela m'amuse de le voir ramené à la réalité. Sybille, venez donc faire des biscuits ; il n'y a pas mort d'homme ; juste, à la rigueur, celle de son ego.

Les deux femmes et les enfants se mettent au travail. Les musiques de Noël inondent la maison, mais Sybille ne ressent pas de tristesse. N'était-ce pas cela qu'ils devaient vivre ? Ces moments de rires autour de pâtes à biscuits aux douces senteurs de cannelle ? À son retour, Éric les trouve, chantant Jingle Bells à tue-tête. Sa mère et Sybille, une cuillère en bois à la main en guise de micro, se déhanchent sur la musique. Elles et les enfants ne l'ont pas vu arriver tant ils sont pris de fous rires. L'homme d'affaires s'appuie contre le chambranle et les contemple en souriant à son tour, les bras croisés sur sa poitrine.

La scène est ubuesque. Sa mère semble avoir oublié son âge, ses douleurs, ses soucis. Elle chante, danse et fait la folle comme si l'enfance l'avait rattrapée. Sybille lui prend la main et la fait tournoyer autour d'elle sous les hourras des enfants. Des poignées de farine se transforment en des pluies de flocons de neige tombant sur la tête des chanteuses. Le sol de la cuisine en est recouvert ; tout à leur délire et leur joie, ils ne se rendent compte de rien. La musique s'arrête enfin et Sybille se fige quand elle s'aperçoit qu'ils ne sont plus seuls. Son regard bleu est pétillant de malice, comme peut parfois l'être celui de Romain. Elle se met à rougir sous le sourire taquin d'Éric, qui les gratifie de quelques applaudissements. Yolande prend les enfants par la main et exécute une profonde révérence à leur spectateur involontaire.

Sybille a un peu honte et elle ne sait plus où se mettre. Son manque de confiance en elle est manifeste, ce qui intrigue Éric. Cette femme étrange avait tout de même tenu tête à un homme dans la rue pour défendre l'honneur d'un autre. Après deux longues inspirations, elle l'invite à venir les rejoindre.

L'odeur alléchante des biscuits embaume la cuisine et Éric retrouve ce petit truc qu'il aimait tant enfant : le partage.

Il avait oublié que sa mère et son père adoraient cette fête. Chaque jour à partir du 1er décembre, ils glissaient un mot décrivant un instant de joie dans un bocal après avoir préparé une décoration. Le soir du réveillon, ils l'ouvraient et lisaient avec bonheur les petits papiers de couleurs. Cette année, ce petit jeu ne pouvait avoir lieu, car son père n'était plus. Par ailleurs, il ne sait même pas si ses parents avaient conservé cette coutume familiale après son propre départ vers la vie d'adulte. Une profonde mélancolie lui étreint le cœur.

L'horloge du salon sonne quatorze heures quand il réalise que le cadeau qu'il a fait acheter pour sa mère ne convient pas. Il se frappe le front du plat de sa main pleine de farine.

— J'ai oublié quelque chose d'important pour ce soir. Il ne me reste plus beaucoup de temps. Sybille, pouvez-vous me donner un petit coup de main ?

La jeune femme le dévisage, surprise, son plateau de biscuits dans les mains. Yolande lève la tête de la génoise que les enfants tartinent de ganache.

— Qu'est-ce que tu as bien pu oublier de si important ? Cela ne peut pas attendre après les fêtes, mon grand ?

— Non, maman. Le souci c'est que je ne suis pas très doué pour ce que je dois faire. Sybille semble très habile et faiseuse de petits miracles, donc, si elle veut bien m'aider, je te l'emprunterai une ou deux heures.

L'intéressée met les mains sur les hanches en fronçant les sourcils.

— Je ne vois pas trop ce que je vais pouvoir faire pour vous. N'êtes-vous pas assez grand pour vous débrouiller tout seul ?

Sybille n'en revient pas. L'homme qui est devant elle prend un air de petit garçon suppliant. Elle secoue la tête, interroge du regard sa voisine qui se retient de pouffer à la vue de la comédie improvisée de son fils. Les enfants, eux, sont tout à leur tâche. Expirant un long soupir, la jeune mère dépose son plateau, ôte son tablier puis se tourne vers un Éric goguenard.

— Bien. J'ai comme dans l'idée que je n'ai pas d'autre choix que de vous aider. Quel est le programme ?

Il sourit.

— Faire de la magie, bien sûr !

Un « Grinch-cadeau »

— J'ai un souci, Sybille, et j'ai vraiment besoin de vous. J'ai demandé à ma secrétaire de choisir un cadeau pour ma mère et...

— Vous avez recommencé ?

Éric esquisse une petite grimace d'excuse devant la stupéfaction réelle de son interlocutrice. Elle s'approche de lui et lui pose l'index sur le torse.

— Vous êtes sûr que vous avez été élevé par Patrick et Yolande Sully ? Vous pensez vraiment que cela ne se voyait pas que vous ne preniez pas même le temps de choisir les présents pour vos parents ? Une cravate bleu canard pour votre père ? Il détestait les cravates ! Et le bleu canard ? Il avait ri et plaisanté en disant à votre mère que vous aviez au moins retenu qu'il n'avait pas de cravate. Votre mère a levé les yeux au ciel en disant que, par contre, vous ne saviez toujours pas que cette couleur, il la détestait.

— Mince ! En effet !

Éric se sent complètement démuni devant une Sybille aux yeux projetant des éclairs d'indignation et de colère.

Elle a perdu son air triste et fatigué ; il sourit. Sybille interprète cette réaction comme de la moquerie et le frappe du plat de la main sur la poitrine.

— Tsssss ! pauvre sot que vous êtes ! Vous êtes indécrottable ! Vous mériteriez que je vous laisse vous débrouiller tout seul sur ce coup-là ! Savez-vous au moins ce qui a été choisi pour votre mère ?

Sybille espère le ramener à la réalité. À voir la tête qu'il fait, elle sait qu'il n'a aucune idée de ce qu'a choisi la secrétaire. *C'est déprimant. Non, pire, c'est révoltant !*

— Je ne vous comprends pas ; si j'en avais les moyens, j'aurais pris plaisir à aller chercher le cadeau que souhaitent vraiment mes enfants. J'aurais pris le temps de l'emballer et d'y ajouter une carte. Ce sont tout de même des gestes élémentaires ; sans même parler de douceur, d'amour ou même de simple respect !

— ...

— Vous n'êtes pas d'accord ?

— On perd la notion du rêve quand on devient adulte. L'argent facilite tellement les choses. Cela se fait presque malgré nous, Sybille.

La jeune femme le toise. Serait-elle susceptible d'oublier la magie de créer pour ceux qu'elle aime si elle avait les moyens financiers ? Et ne plus voir ces quelques sourires naître sur les visages ?

L'argent facilite tout à outrance ; il n'a pas vraiment tort ; comment garder ses valeurs quand tout devient trop facile ? Je ne suis ni meilleure ni pire que lui. Il semble que nous vivions dans deux mondes parallèles, où la vision des choses, ainsi que les attentes sont différentes.

— Alors, allez-vous me venir en aide, s'il vous plaît ?

Sybille soupire ; il a cet air de gamin-pris-en faute-le doigt-plongé-dans-la-confiture. Elle peut bien sûr lui donner un coup de main, ne serait-ce que pour Yolande. Son amie recevrait ainsi enfin un cadeau qui vient vraiment du cœur.

Éric l'interroge du regard ; elle réfléchit et cela se lit dans ses yeux gris. Il semble aimer ces moments où elle analyse la situation, comme si elle cherchait une réponse à une énigme. Sa petite moue et la subtile inclinaison de sa tête sur le côté sont les réponses qu'il attend. Ils se connaissent à peine. Néanmoins, il apprécie la jeune femme et cherche à la comprendre.

— D'accord, je vous aide. Mais vous allez mettre la main à la pâte ! Je préfère vous prévenir.

Elle prend un air de maîtresse d'école ; il sourit et approuve silencieusement.

Ils sont restés plantés devant la porte d'entrée pendant plus de dix minutes. Sybille finit par sortir les clés de sa maison. C'est le froid qui, en premier lieu, saisit Éric en entrant ; puis de voir que le salon dans lequel ils pénètrent est à peine meublé. Pas de télévision, deux ou trois étagères remplies de livres, un mannequin de couture, une table et quatre chaises, c'est tout.

La jeune femme rougit.

— Je suis désolée, nous ne possédons que le strict nécessaire. Asseyez-vous, je vous en prie. Souhaitez-vous un café ? Du thé, peut-être ?

Elle se sent honteuse et a du mal à ne pas le montrer ; Éric a d'autres habitudes ; une vie si différente.

— Je veux bien un café, avec grand plaisir.

Il s'installe à une chaise, le regard réconfortant. Lorsque Sybille disparaît dans la cuisine, il observe la pièce avec plus d'attention. Un drôle de sapin, décoré de façon enfantine et amusante, trône dans un coin du salon. Sur les murs sont accrochés des tableaux – certains abstraits, d'autres, figuratifs. Tous semblent vouloir crier des émotions, des peurs, des espoirs enfouis au plus profond de l'âme de l'artiste.

Un étrange pêle-mêle de branches lui fait face. L'objet pourrait être insolite, pourtant il a sa place au milieu de ces créations hétéroclites. Une toile d'araignée est stylisée avec du fil de coton. Aux extrémités de l'œuvre pendent deux petits flacons de paillettes. Éric se lève et découvre que sur chacune des fioles est gravé le prénom des enfants de Sybille. Il ne fait aucun doute que de tout ce qu'il voit ici, elle en est la créatrice.

— Je l'ai fabriqué voici quelques années déjà. De branches que j'ai ramassées quand j'habitais encore en Bretagne. Je souhaitais faire un attrape-rêve à ma façon et, tout naturellement, j'y ai ajouté le prénom de mes enfants.

— Il est magnifique.

— Quand je le regarde, il me rappelle pourquoi je me bats chaque jour et pourquoi je ne dois pas lâcher.

Elle esquisse un sourire tendre, hausse des épaules, et pose le plateau sur la table.

— Parfois, sa magie n'est plus assez forte pour me donner envie de continuer.

Éric fronce les sourcils et revient vers elle pour l'aider à servir le café. Il sursaute quand il réalise que la douleur a voilé le regard de la jeune femme. Sa souffrance semble intense, puissante, dévorante. Comme si elle devinait ses pensées, Sybille plonge son âme dans la sienne.

— Ne croyez pas que je sois la seule dans cette situation. Nous sommes de plus en plus nombreux en France.

— Vous travaillez, pourtant !

La jeune femme lui tend sa tasse de café et s'installe en face de lui. Le sourcil gauche soulevé, elle reprend d'un ton grave :

— Oui, bien sûr, comme beaucoup qui ont cette chance, dit-on. Sauf que les gens n'ont qu'une vision très étroite de ce qu'est la vie des pauvres. Ils ne sont pas tous sans travail. Ils ne dépensent pas des fortunes pour des futilités. Tout comme les chômeurs ne sont pas, pour la plupart, des fainéants qui se lèvent tous les jours à midi. Dans certains cas, travailler permet de survivre, mais n'empêche pas de devoir dormir dans une voiture sur un parking.

Éric laisse échapper un rire sardonique. Sybille le fixe sans rien dire et attend sa réplique.

— Il ne faut pas exagérer. Il y a les aides familiales, les aides pour le logement et les assistantes sociales. On peut s'en sortir.

La jeune femme le dévisage en sirotant tranquillement son café. Éric se sent de plus en plus mal à l'aise.

— Vous avez sans doute raison, Éric. On peut s'en sortir. C'est d'ailleurs pour cela que des étudiantes vendent leur corps pour payer le loyer, que des personnes âgées font les poubelles après le marché pour avoir de quoi manger... ou que des mères de famille salariées rencontrent des hommes pour un repas au resto, et les remercient ensuite d'une petite gâterie.

Éric est atterré. Imaginer que des femmes puissent de nos jours en arriver à de telles extrémités lui paraît fou. Imaginer qu'Elle a vécu cela pour survivre lui est presque insoutenable.

— Mais... et les assistantes sociales ? Demande-t-il.

— Elles sont aussi démunies que nous tous. D'autres sont comme vous. J'entends encore cette femme me dire : *Vous êtes forte, madame. Vous montrez le bon exemple à vos enfants, mais nous ne pouvons rien pour vous. Sauf vous mettre dans un foyer avec les petits.* Je venais alors de quitter mon mari pour violences conjugales.

Éric en reste sans voix. Sybille pose sa tasse et lui sourit doucement.

— Ne soyez pas choqué ! C'est ça, la réalité que les gens ne veulent pas voir. Et ce déni général de la part de ceux qui peuvent encore vivre ne durera pas éternellement. Je pourrais écrire un roman sur ce qu'est la vie d'une personne pauvre ; c'est mon monde et, croyez-moi, je le connais très, très bien. Comprenez donc que je ne le voie pas comme vous.

Intrigué, l'homme d'affaires fronce les sourcils.

— Comment ça ?

La jeune femme sort des branches et des pommes de pin d'une boîte dissimulée sous une étagère. Elle les dispose sur la table et lui lance un sourire taquin.

— Que voyez-vous, Éric ? Qu'est-ce que c'est ?

— Euh... je vois des branches mortes et des pommes de pin ! Devrais-je y voir autre chose ?

Sybille ajoute du fil de coton, des perles et des plumes à ses trouvailles.

— Eh bien, je pense que vous devriez y voir le Grinch cadeau de votre mère. La vie endormie dans les pommes de pin qui n'attendent qu'un peu de chaleur pour libérer leurs enfants. Je pense que vous devriez aussi y voir un cadeau que la nature nous transmet pour offrir une autre dimension à la mort, pour la sublimer, pour nous permettre de l'accepter et d'estimer la valeur de notre vie. Et, finalement, je pense que vous devriez y voir une façon de rappeler à votre mère que vous l'aimez, et que votre père vous manque.

Puis, abandonnant pour quelques instants sa tâche, elle le toise et termine :

— Vous devriez y voir Bruno et non pas le SDF, comme je devrais voir en vous Éric et non pas son costume à mille sept cents euros.

Le temps s'arrête, un long silence pèse sur leurs épaules. Ils sont de plus en plus conscients de l'immense fossé qui les sépare. Ils savent que l'injustice est de ce monde et que la chance n'est pas toujours au rendez-vous malgré l'acharnement mis à bien faire.

Éric n'a jamais eu à se plaindre du manque d'argent ni du manque d'amour de ses parents. Sybille voit plus loin, malgré sa situation. Elle voit les âmes, les blessures, les hommes et les femmes au-delà de leurs apparences.

Comment fait-elle ? En a-t-elle seulement conscience ? Ou serait-ce l'instinct qui la rend si différente ? Différente... et rationnelle à la fois, se demande-t-il.

Ils avalent chacun une gorgée de café ; la jeune femme se remet au travail.

— J'ai cru comprendre que vous aimiez l'attrape-rêve. Vous ne le savez sans doute pas, mais votre mère l'aime aussi beaucoup, celui-ci. Nous pourrions lui en faire un avec ses couleurs préférées.

Quelque peu groggy suite aux derniers échanges, Éric approuve d'un discret signe de tête.

— Ce sera toujours mieux que ce que j'ai fait acheter. J'ai deux photos que je garde sur moi tout le temps ; ce ne sont que des copies, mais... on pourrait les mettre dessus ?

Les yeux de Sybille s'illuminent soudain de mille étoiles. Son enthousiasme communicatif met du baume au cœur d'Éric. C'est bien la petite sorcière pleine de lumière qui se trouve à nouveau face à lui.

— Montrez-moi, s'il vous plaît ! C'est une très bonne idée que vous avez là. Sans le savoir, vous êtes peut-être un créatif ?

Il s'esclaffe en sortant de son portefeuille les deux clichés. L'un est un portrait de ses parents le jour de leur mariage et le second représente toute la famille posant sur une plage. Sybille les contemple et sourit, puis lève les yeux vers lui.

— J'aime voir les familles qui s'aiment. Ces petits bonheurs si importants de la vie ! Ils sont beaux... euh, vous aussi... enfin, je veux dire quand vous étiez petit.

— Quoi ? Adulte, je ne suis plus mignon et charmant ? C'est ce que vous voulez dire ?

Rouge de confusion, la jeune femme ne sait plus que répondre.

— Enfin, non... je veux dire quand vous étiez en... zut ! je m'enfonce... Vous avez compris ce que je voulais dire !

Le regard d'Éric, désormais pétillant et taquin, s'est soudain éclairé. Elle sait qu'il aime plaisanter, sa mère n'arrête pas de le répéter. Pour le coup, Sybille se sent ridicule.

Sans prévenir, il pose sur la table un écrin rectangulaire de velours bleu roi. La jeune femme grimace.

— Le cadeau pour votre mère ?

— Je crains bien que oui, en effet. Voyons ce que c'est !

L'homme ouvre délicatement la boîte. Sybille reste bouche bée devant le contenu. C'est un bracelet, dont les mailles, des feuilles en argent, sont serties de petits diamants. *Cela a dû coûter une fortune !* pense-t-elle. La mère de famille sait cependant que, comme pour le cadeau précédent, Yolande ne le portera pas. Éric pousse un profond soupir.

— J'aurais voulu tomber à côté, je n'aurais pas choisi autre chose que ce bijou. Je ne peux pourtant pas l'échanger, je le crains.

Un étrange petit sourire étire les lèvres nacrées de la jeune femme. Ses prunelles grises scintillent d'une lueur mutine et enfantine. Elle se baisse, fouille de nouveau dans sa boîte à trésors et en ressort une pince coupante.

— Laissez-moi faire, je crois que j'ai une idée ! Nous allons fabriquer un superbe « Grinch-cadeau » pour votre mère !

L'étincelle de Noël

Tout le monde s'est retrouvé dans la maison de madame Sully. C'était ce qu'il y avait de mieux à faire malgré la mine dépitée des enfants lorsqu'ils ont réalisé qu'ils n'auraient pas leur sapin-lilas pour le soir du réveillon. Sybille avait bien essayé de les calmer, leur assurant qu'ils auraient tout le loisir d'en profiter le lendemain, mais rien n'y avait fait. Leurs frimousses déçues avaient amené Éric à prendre la décision d'aller le chercher.

C'est donc sous les hourras d'une maisonnée en délire qu'il apparaît dans l'entrée, tenant son précieux fardeau. Romain et Émilie se jettent sur lui pour l'aider.

— Doucement, les tornades ! Vous allez me faire tomber et nous n'aurons plus de sapin digne de ce nom. Alors ? Où allons-nous l'installer ?

Éric fait un clin d'œil à leur mère qui rougit aussitôt. Sybille soupire. Quelle gamine elle fait tout de même ! Elle d'ordinaire plutôt froide et distante avec les hommes, il parvient à la mettre dans tous ses états d'un simple regard. La jeune femme détourne les yeux, mais n'est pas au bout de ses surprises : Yolande la dévisage, arborant un sourire bienveillant. Sybille soulève son sourcil gauche et secoue la tête d'un signe de négation. Sa voisine passe près d'elle et lui murmure à l'oreille :

— Il faut parfois savoir écouter son instinct.

La jeune femme laisse échapper un petit rire. Si maintenant on utilise ses propres conseils contre elle-même, où va le monde ? Le grésillement de la télé se fait entendre et les deux amies contemplent les jumeaux collés à Éric, confortablement installés sur le canapé.

— Bien, je crois que tous les enfants seront bien occupés ce soir pendant que nous ferons le repas.

Yolande éclate de rire en approuvant.

— Il semblerait que ce soit le cas. Allons préparer vos pommes de terre de Noël ! Je vais enfin connaître cette mystérieuse recette ; les jumeaux n'ont rien voulu me dire.

— Parce que vous pensez vraiment que je vais vous donner ma recette ? Une recette millénaire, qu'on se passe de mère en fille ! Si vous me donnez votre recette de pâte à tartiner chocolat/noisette, alors nous pourrons négocier.

— C'est à voir, jeune fille, c'est à voir !

Sybille et Yolande sont en pleine tractation quand Éric pénètre dans la pièce. Il hume la bonne odeur de crème mélangée au vin blanc, aux oignons et aux poivrons. D'un pas décidé, il va soulever le couvercle de la casserole et y plonge la cuillère en bois, prêt à goûter la sauce.

— Ah non ! On ne touche pas !

Sybille vient de lui donner une petite tape sur la main. Penaud, il prend la mine d'un petit garçon faussement désolé. Il n'y a pas à dire, il aime quand elle redevient taquine et oublie son quotidien. Ses yeux gris s'habillent alors de douceur et de tendresse. Il ne sait pas ce qui la rend si particulière. Rien ne lui donne envie d'avoir pitié d'elle, tant elle assume chacun de ses choix, tant elle garde la tête haute. Il ne connaît bien sûr pas toute son histoire, mais elle a une façon de vivre qui l'intrigue. Elle aime les autres et s'en protège à la fois. Elle partage, mais ne prend pas. Elle souffre de voir l'autre avoir mal tout en cachant sa propre souffrance. Son existence est bien plus remplie que la sienne, car plus vraie et sans « paraître ».

— Ça ne va pas, Éric ?

Il l'observe depuis quelques instants sans rien dire et Sybille se demande s'il n'a pas mal pris son jeu. Elle ne sait jamais si ses paroles ou gestes sont dans le bon contexte. Cela fait partie de sa bizarrerie. Doucement, sans comprendre pourquoi, Sybille pose sa main sur la joue râpeuse d'Éric. Son pouce la caresse avec une infinie tendresse. Elle veut juste lui donner de la force, de l'énergie pour tout ce qu'il peut vivre. Son geste n'a rien de prémédité. Elle se met sur la pointe des pieds et l'embrasse sur l'autre joue.

Éric retient son souffle, ne bouge plus, ne veut pas que cet instant s'arrête. Il ne sait plus quoi faire ni quoi dire.

— Je vous aime bien, Éric, et je suis désolée de vous avoir mal jugé. J'ai vraiment cru que vous n'aimiez pas vos parents, que votre cœur était sec et votre âme habitée par les futilités de ce monde. J'avais tort.

Abasourdi, il la dévisage avec intensité. Sybille ne lui a pas déclaré sa flamme ; elle lui a transmis son affection aussi simplement qu'elle l'avait fait pour Bruno. Elle a peur des autres et pourtant, oui pourtant, elle leur donne de sa tendresse, de son espoir.

Éric se racle la gorge.

— Vous êtes une femme incroyable et nous avons de la chance de partager ce Noël tous ensemble. Croyez-moi, il a quelque chose de différent à voir avec vos yeux.

Elle laisse échapper un petit rire et va vérifier sa sauce.

— Je vois... simplement ; oui, juste simplement.

Désormais hagard, Éric se retire dans le salon. Sa mère fronce des sourcils en le voyant tel un zombi se diriger vers le canapé où les enfants sont restés.

— Vous lui avez dit quoi à mon grand pour qu'il ait l'air si déstabilisé ? s'inquiète-t-elle.

— Rien, je vous assure ; je l'ai juste un peu... réconforté. C'est normal quand on devient amis. Enfin, vous savez bien...

Sans mot dire, Yolande se dirige vers le faitout rempli de pommes de terre.

Il y a des personnes qui ne se connaissent pas, ou ne voient pas ce que les autres peuvent leur trouver d'exceptionnel. Sybille est de celles-là, se dit-elle.

La soirée est douce et chacun participe aux diverses tâches pour que tout le monde puisse profiter des festivités. Les pommes de terre de Noël sont dévorées en quelques minutes, s'en suit une ovation pour Sybille. La jeune femme s'amuse à exécuter de belles révérences sous les applaudissements.

Plus tard, tous installés sur le tapis en face du feu qui crépite dans la cheminée, ils échangent des souvenirs d'enfance.

Yolande a prévu du pétillant sans alcool pour les jumeaux, ainsi qu'un Vouvray pour les adultes. Supportant mal le champagne, elle a fait au plus simple. Éric s'éclipse un instant pour réapparaître muni d'un grand paquet plat qu'il va glisser sous le sapin-lilas ; un autre, portant le prénom de Romain, et un dernier, pour Émilie, trouvent leur place sous les branches décorées. Tandis que chacun suit ce même rituel, personne ne remarque le minuscule présent que le jeune homme a dissimulé.

Le sapin-lilas est désormais cerné de cadeaux plus ou moins gros. Les jumeaux se lancent dans des paris, cherchant à deviner ce que contiennent les boîtes, mais toutes leurs tentatives restent veines.

— Qui veut de la bûche de Noël ?

— Moiiiii ! hurle toute la troupe pour répondre à Yolande qui présente avec fierté le dessert préparé par les enfants.

Éric se dirige vers l'ordinateur et se met à pianoter. Sybille, de son côté, distribue les parts. Les premières notes de *Shake Up Christmas* s'élèvent soudain dans la pièce. Sans hésiter, l'homme d'affaires vient inviter la jeune femme à danser et à chanter.

Romain et Émilie sautent sur l'occasion, et prennent les mains de Yolande pour accompagner le couple. Sybille rit sans s'arrêter. Il lui est difficile de chanter tout en riant, mais plus rien n'a d'importance. Ils se déhanchent tous au rythme de la musique, les bras se lèvent et se balancent. Patapon, le pauvre chat, file se cacher sous le canapé. *Ils sont devenus fous, les humains de cette maison !*

Yolande s'arrête d'un coup ; son regard s'est voilé. Elle avait si peur de ce premier Noël sans son mari. Elle avait imaginé tant de scénarios, sauf celui où son fils unique, sa voisine et ses petits viendraient lui tenir compagnie ce soir-là. Son émotion est si vive qu'elle ne peut retenir ses larmes. Les enfants se serrent fort contre elle, cherchant à la consoler tout en chantant. Éric et Sybille viennent les rejoindre et les entourent de leur affection. La petite voix d'Émilie s'élève :

— Maman a raison. C'est bien d'être ensemble. Pas besoin de cadeaux.

Yolande disparaît dans sa chambre. Les enfants se regardent, perplexes, inquiets de cette réaction. Elle réapparaît ensuite, portant un grand récipient en verre. Éric a reconnu le vieux pot de cornichons.

— Tu continues à faire les petits-papiers-du-bonheur, Maman ?

Yolande hausse les épaules, un peu gênée, et ouvre le pot empli de bandelettes de couleur pliées. Tous la rejoignent à la table où elle le vide de son contenu.

— Voilà ! Maintenant, nous allons lire toutes les petites folies et les fous rires qui ont fait mon bonheur depuis le premier décembre. Tu commences, Éric ?

L'homme d'affaires ferme les yeux, mélange les papiers et en tire un pour le lire à haute voix :

Mon fils va rencontrer mon étincelle.

— Maman, c'est pour cela que tu as insisté pour que je raccompagne Sybille chez elle quand je t'ai appelée pour te dire que je venais !

— Mais non ! Elle m'a dit que vous ne vouliez pas prendre le taxi pour venir de la gare et que vous n'aimiez pas particulièrement le métro, intercède Sybille.

Le couple se tourne vers Yolande qui vire au rouge pivoine. Les enfants rigolent bien, eux. Finalement, ils ne sont pas les seuls à se faire de drôles de farces.

— Disons que j'ai un peu... modifié la réalité !

Les deux jeunes gens s'esclaffent ; c'est ainsi que s'égrènent les heures, entre rires, chants et délires en tous genres. Aussi, quand sonnent les douze coups de minuit, ils ont oublié les cadeaux. Les enfants, eux, qui ont patienté bien sagement, viennent se manifester en tirant sur la manche de leur mère en direction du sapin-lilas.

— Oui, on y va.

À genoux près de l'arbre de Noël, Sybille distribue les cadeaux en souriant. Les jumeaux crient à chaque paquet ouvert. Leur mère a pu acheter les cadeaux dont ils avaient vraiment envie. Yolande, de son côté, a choisi des jeux vidéo pour Romain et deux films pour Émilie. Éric, n'ayant pas eu le temps de faire de vrais achats, a juste réussi à se procurer des cartes-cadeaux de vingt euros.

Yolande découvre un joli cadre en bois trouvé en balade, pour la grande photo de l'entrée. Puis, elle ouvre une toute petite boîte. À l'intérieur, un gland peint de couleur or est accompagné d'un petit mot : *À n'utiliser qu'en cas d'urgence - gland magique qui réalise les vœux.* La sexagénaire sourit et prend la main de la jeune femme.

— Mon vœu s'est réalisé. Mon fils est avec nous ce soir. Merci, Sybille.

La mère de famille hausse les épaules et lui remet le dernier paquet : le « Grinch-cadeau » d'Éric. La sexagénaire éclate en sanglots devant son présent. L'attrape-rêve est décoré des deux photos et sur les fils on peut voir de jolis bijoux en forme de petites feuilles d'argent serties de diamants. Yolande prend dans ses bras son garçon en le remerciant.

— Maman ! Regarde ! Regarde ! Le sapin !

Tous les adultes considèrent l'arbre de Noël. Ébahis, les enfants écartent les guirlandes. Sybille s'approche et découvre, sur le sapin-lilas, des bourgeons. Étonnée, elle sourit et doucement caresse les pousses du renouveau.

— Il veut que nous lui rendions sa liberté, je crois ! Il a envie de vivre. Il va falloir le replanter.

Ils prennent tous la décision de le remettre dans le jardin dès le lendemain. Sybille ne peut s'empêcher de regarder vers le ciel et de remercier la nature de lui avoir fait un tel présent. Son cadeau, son petit présent, sa petite lueur d'espoir pour les jours à venir !

La jeune femme va à la cuisine préparer un peu de café sans trop prêter attention au temps qui passe. Aussi, quand elle revient, les enfants dorment à poings fermés sur le canapé. Yolande vient vers elle.

— Je crains avoir eu un peu trop d'émotions. Je vais aller me coucher. Merci beaucoup, ma petite. Restez ici pour dormir, il y a de la place pour tout le monde !

Sybille approuve et pose un baiser sur la joue de son amie qui quitte la pièce. Éric, quant à lui, s'est installé devant la cheminée.

— Vous voulez un café ?

Sans répondre, il l'invite à s'asseoir près de lui. Intriguée, elle s'approche et pose le plateau au sol. Tandis qu'il lui lance un regard complice, il sort de sous le sapin lilas un minuscule paquet qu'il lui tend timidement.

La jeune femme déchire le joli papier cadeau qui laisse apparaître un écrin de velours bleu roi. Elle le toise, presque déçue.

Il n'a donc pas compris ?

Éric lui fait signe de l'ouvrir. Persuadée de savoir ce qu'elle va y trouver, elle s'exécute à contrecœur... et là, surprise...

Elle découvre une bille de verre avec, à l'intérieur, comme une étincelle.

Le départ

Sybille garde, dans un petit sachet de velours bleu roi, l'étincelle que lui a offerte Éric, le soir de Noël. Elle y a ajouté un lien de cuir pour pouvoir le porter autour du cou. Cela fait trois jours, et, deux heures plus tôt, il a quitté la maison de sa mère pour rejoindre l'aéroport d'Orly.

Ils ne sont pas du même monde, ne vivent pas les mêmes réalités, mais une amitié forte est née. Du moins l'espère-t-elle au plus profond d'elle-même. Son étonnement, en découvrant la bille de verre, avait été immense. Bien sûr, il ne pouvait comprendre son quotidien, mais il avait au moins pris la peine de dépasser la barrière des préjugés.

N'avait-elle pas elle aussi agi de la sorte ? Ne s'était-elle pas permise de le juger sur son apparence, sur le fait qu'il avait de l'argent et qu'il ne savait pas ce que représentait survivre ? Certes, il avait montré au départ une certaine insouciance et de l'égoïsme, mais en définitive, il avait su aller plus loin que le paraître.

Sybille souffle sur ses doigts. Elle n'a pas mis le chauffage dans la maison ; les enfants sont restés au chaud chez Yolande. Elle les rejoindra un peu plus tard, mais pour l'instant, elle ressent le besoin de créer.

Sa toile est sur le chevalet ; ses acryliques, sur la table avec ses pinceaux.

Il est important, quand on est un « pauvre d'argent », de conserver la richesse du cœur et de la création ; d'exprimer sa douleur, ses joies, et ses passions ; d'utiliser tout ce que l'on peut trouver pouvant nous aider à y parvenir.

Elle s'accroche à un rêve fou ; celui qui la fait se lever le matin et qui la fait aller de l'avant ;

celui qui lui procure une telle force que même les océans ne pourraient l'anéantir.

Personne n'est une situation, ni un métier, ni un compte en banque. Chacun est une personne à part entière avec ses faiblesses et sa volonté. On est la *puissance* dès l'instant où l'on décide de ne plus courber l'échine.

Parfois, cela ne suffit pas. Alors on hurle... de désespoir, de rage, de haine. On hurle parce que personne ne veut voir ni ne veut entendre. Seuls ceux qui ont connu cet état peuvent comprendre. Elle, elle donne sans compter et ne remerciera jamais assez la vie pour l'amour qu'elle reçoit de ses amis, ceux qui la soutiennent lorsqu'elle s'écroule, prête à se libérer, prête à mourir...

Être pauvre, c'est ne plus savoir composer avec les petits riens que l'on a ; ne plus pouvoir faire le beau autour de soi ; ne penser que par l'argent et la possession des choses. Aujourd'hui, sur sa toile, elle va hurler qui elle est vraiment, nourrie par l'étincelle qu'elle porte autour du cou pour le partager avec ceux qui sauront comprendre.

Elle sera reconnue en tant qu'artiste. Cela prendra du temps, mais cela SERA ! Elle n'est pas seule. Elle est une personne et une âme. Pas un compte en banque. Pas un métier. Pas une chose.

Sybille saisit son pinceau, sa peinture et, tandis que des larmes lui glissent sur les joues, se met à peindre sa douleur pour cet ami qui s'en est allé.

~~~~~~

À l'aéroport, Éric patiente qu'on annonce son vol. Assis, il réfléchit, la tête entre les mains. Il n'aurait jamais pensé vivre une telle soirée de Noël, et encore moins replanter un sapin-lilas pour le remercier de sa reprise inattendue et de ses bourgeons. Sybille et les enfants avaient participé à l'opération. Le chocolat chaud n'avait pas été de trop ; sa mère avait pensé à en faire. Les jumeaux avaient eu des parts de brioche qu'ils avaient dévorées avec enthousiasme.

Ils avaient, avec Sybille, usé le temps à se chamailler, sur la politique, sur leur vision de ce que devrait être le monde. À aucun moment, il n'avait eu l'impression de s'ennuyer et, si les discussions avaient pu parfois être houleuses, ils avaient toujours respecté l'avis de l'autre. Il la soupçonnait de céder quelquefois sans pour autant changer d'avis. Son petit air têtu en disait long sur sa personnalité.

Une très belle femme en talons aiguilles et tailleur Chanel le bouscule un peu. Elle lui sourit en présentant ses excuses. Éric plonge la main dans la poche de son manteau de laine ; la pièce de deux euros s'y trouve encore. Dans l'autre poche, le petit paquet que les enfants lui ont offert avant son départ. Machinalement, il répond au sourire de la jeune femme, mais ne peut toutefois s'empêcher de se dire qu'il lui manque quelque chose ; une étincelle, sans doute.

Il sort le présent. Maladroitement enveloppé dans du papier cadeau, il est annoté de ces quelques mots :

À ouvrir en cas de désespoir.

Se sent-il désespéré ? Que cherche-t-il dans sa vie ? Que désire-t-il, en définitive ? N'a-t-il pas tout ce qu'un homme peut souhaiter ? Pourquoi les enfants lui ont-ils fait ce dernier cadeau ?

Il a tout.

Ah oui ? Tu as tout ? Alors, pourquoi es-tu assis seul à attendre dans un hall d'aéroport ?

Il jette un coup d'œil circulaire. Des enfants avec leurs parents ; un peu plus loin, un couple qui s'enlace ; deux sexagénaires qui se rejoignent, tandis que l'homme tente maladroitement de dissimuler un bouquet de fleurs...

Il pousse un soupir à la fois profond et étrange ; quelque chose semble avoir changé en lui. Dans la main droite, il tient toujours ce petit paquet ; dans la gauche, cette agaçante pièce de deux euros. Son attention est attirée par un homme assis par terre dans un coin, dont le chapeau rapiécé sert de réceptacle aux bonnes âmes.

Qui est-il ? Comment s'appelle-t-il ?

La pièce capte à nouveau son regard.

Ai-je vraiment besoin de le savoir ?

Il soupire à nouveau, se sent perdu.

Il prend une profonde inspiration et se décide enfin à ouvrir le cadeau des enfants. Il déplie le papier et découvre, à l'intérieur, un court rameau du sapin-lilas garni de quatre petits bourgeons.

À cet instant précis, il contemple une dernière fois la pièce, puis relève la tête.

Sa décision est prise.

Ce sont des temps que l'on ne conte pas, mais des années que l'on n'oublie pas. On va doucement vers le bout de sa vie et les souvenirs affluent comme pour nous dire :

Regarde, tu as eu de beaux moments dans ce qui fut le pire et tu as aussi fait de bons choix.

Autres livres

Souffle Celte : Recueil de nouvelles

« Souffle Celte » nous emporte dans un voyage en Bretagne. Dans les souvenirs d'une Bretonne, dans cet instant magique où le regard se pose, où les images s'illuminent des instants nostalgiques. Ces petits riens qui à l'époque, paraissent normaux, mais qui aujourd'hui ont un goût délicieux et font pétiller les yeux de bonheur.

Rêves d'enfants : Recueil illustré

Un monde de magie et de poésie où vous découvrirez des lutins farceurs toujours de bonne humeur, des petites fées, des loups bien intentionnés et des dragons qui aimeraient bien arrêter de bougonner en trouvant l'amour. Et pour accompagner ces poèmes, les aquarelles offrent leurs couleurs et fantaisie. Un recueil tout simple à lire en famille et pour retrouver son âme d'enfant.

Liens utiles

Pages Internet d'Alvyane Kermoal

http://alvyane.e-monsite.com/

https://www.facebook.com/alvyane

À bientôt... ^_^

N'hésitez pas à mettre un petit mot si vous avez aimé. Merci infiniment.